passion

of the books, by the books, for the books

Passion 29

我們人生的最初

Nos débuts dans la vie

作者／派屈克．蒙迪安諾（Patrick Modiano）
譯者／尉遲秀
初稿協力／輔大法文系法漢筆譯習作 101 班（前半部）
林叡、葉維婷、陳怡萱、陳韋妮（後半部及初稿統整）
導讀／林德祐
責任編輯／江灝
美術設計／陳政佑

出版者：英屬蓋曼群島商網路與書股份有限公司臺灣分公司
發行：大塊文化出版股份有限公司
www.locuspublishing.com
臺北市 105022 南京東路四段 25 號 11 樓
讀者服務專線：0800-006689
TEL：(02) 8712-3898 FAX：(02) 8712-3897
郵撥帳號：18955675
戶名：大塊文化出版股份有限公司
法律顧問：董安丹律師、顧慕堯律師

總經銷：大和書報圖書股份有限公司
地址：新北市新莊區五工五路 2 號
TEL：(02) 8990-2588 FAX：(02) 2290-1658
製版：中原造像股份有限公司

初版一刷：2022 年 5 月
定價：新臺幣 280 元
ISBN：978-626-7063-12-5

Printed in Taiwan

Nos débuts

我們人生的最初

Patrick Modiano

派屈克・蒙迪安諾——著

尉遲秀——譯

dans la vie

目次

導讀　永恆的召魂術——蒙迪安諾與舞台的執念

林德祐（國立中央大學法文系副教授）

二〇一七年蒙迪安諾（Patrick Modiano）一口氣發表了兩部新作，一本是小說，一本是戲劇。雖然蒙迪安諾主要的創作都是小說，但戲劇始終是他同步進行的創作，只不過戲劇最後經常成為未竟之作。「寫小說的同時，我也寫戲劇，只是最後都堆放在抽屜裡。」我們也可以聯想到，十九世紀的法國小說巨擘，不論是巴爾札克（Balzac）、福樓拜（Flaubert）、斯湯達爾（Stendhal），最初也都以達到莫里哀（Molière）的戲劇高峰為寫作目標，只不過後來是以小說文類闖出名號。六〇年代，寫暢銷戲劇已不再是文學成就的保障了。蒙迪安諾興趣廣泛，對每一種藝術表達形式都愛好，歌詞創作、電視劇等，都略有涉獵，這並不令人驚訝，因為他從小就是穿梭在劇場後台、梳化間、休息室的小孩。

在後台長大的小孩

即使蒙迪安諾不常發表戲劇，劇場、電影院、歌舞廳等這一類型的表演場所卻經常出現在他的小說中，連帶出現的人物自然也少不了演員、明星、舞台劇演員、歌手、劇團。他的人物群組中總不缺期盼在演藝界闖出名號的演員、尚未有知名度的明星，等待著有人慧眼識英雄的提拔。蒙迪安諾的母親露意莎·庫珮恩（Louisa Colpeyn）是出身比利時的演員，戲劇、電影、電視劇皆可看見她的身影。長大後他也認識許多女明星，尤其是六〇年代的影視明星：凱薩琳·丹妮芙（Catherine Deneuve）、早逝的芙蘭索娃・多雷雅克（Françoise Dorléac）；女歌手芙蘭索娃・哈迪（Françoise Hardy），蒙迪安諾也曾幫這位女歌手寫過一首歌曲。如果還要延伸蒙迪安諾與影劇圈的不解之緣，我們也可想到作家的女兒瑪莉・蒙迪安諾（Marie Modiano）也是一位創作型歌手。

念念不忘的戲劇

七〇年代初，蒙迪安諾首次發表了劇作《波卡舞曲》（*La Polka*），當時他已是知名的年輕小說家，也獲得文學獎的肯定。然而此次的戲劇初試啼聲，除了第一次上演，有朋友圈的捧場支持，評論界給的幾乎是一片負評。劇情大概是一位連環殺手醫師死前看見過去的畫面一幕幕飄過。報章評論大致歸結為人物不具厚度、戲劇張力不夠。作者回想起這齣戲劇處女作招致的負評，依然心有餘悸，直呼是一場「災禍」。

九年後，他再次發表戲劇《金髮娃娃》（*Poupée blonde*），劇情大致如下：「彼得潘」是一個樂團，他們曾經以一首〈金髮娃娃〉的歌曲風靡樂壇。二十年後的一個冬天，他們聚集在一幢小木屋中，回想著昔日的輝煌，記憶著那段逝去的華年，也想起當年一同歌唱、如今已逝去的夥伴們。透過記憶，小木屋中似乎飄竄著他們的幽靈。從劇情看得出來，全是屬於蒙迪安諾掛念的主題。但這部戲劇特殊之處還在於，書中穿插了二十幾幀皮耶．勒譚（Pierre Le-Tan）的插畫，呈現樂團成員、導演、演員們的肖像，還包括五〇年代歌舞廳、當時的廣告傳單、劇場外觀，這些圖片提供讀者關於劇作中涉及的人事物的想像。這是蒙迪安諾第二度嘗試戲劇，而且並非一人之作，而是與插畫家勒譚一起合作。至於評價如何，近期評論家已重新給予好評，但是網路上的書評依然不客氣：線索過於破碎、片段之間的關聯性不易查找、過去與現在跳來跳去、使人分心等。

《金髮娃娃》之後，蒙迪安諾雖未正式告別戲劇，但接下來他幾乎只以小說為創作形式，開啟了長達三十多年的創作生涯，也為他獲得大大小小的文學獎項，從龔固爾文學獎到諾貝爾文學獎。直到二〇一七年，他才又重拾戲劇，發表了《我們人生的最初》（*Nos Débuts dans la Vie*）。故事一開始，舞台上出現一位中年人，他回想起二十歲時的過往，場景切換成二十歲時的他，慢慢帶出其他人物，他的演員女友、他的演員母親、母親的作家情人、導演。一對人生正起步、憧憬著未來的年輕人，一對鬱鬱不得志的中年人，世代的衝突，不稱職的父母親……劇作家透過戲劇呈現召喚出始終蟄伏在他記憶深處的家庭悲劇。除了戲劇的內容明顯帶有自傳性色彩，值得一提的是，形式上採用了「劇中劇」的鏡像回映效果，劇中人物正在排演契訶夫（Chekhov）的《海鷗》（*La Mouette*），這部俄國十九世紀末寫實作家的名劇，主題同樣涉及兩個世代對藝術與人生價值觀的衝突、現實與理想的難以調和。劇中劇的運用使人物對於正在演出的劇本中人物產生無限指涉，劇中人物也發現了這樣的巧合：「《海鷗》裡的人物跟我們有一些共通點……這齣戲裡的母親是個演員，兒子想成為作家……就像你和你母親……而你母親的男朋友卡佛也是作家，跟那名女演員的男朋友特里戈林一樣……」

舞台上，幽靈顯形

蒙迪安諾對於小說創作似乎比較得心應手，但可以看得出來，他對戲劇始終懷抱熱情，三番兩次想要撰寫戲劇。即使評論都曾斷言，蒙迪安諾已經告別戲劇，但他依然在獲得諾貝爾文學獎的榮耀之後持續寫作，並且交出一份戲劇創作。撇開他個人深受母親演戲的影響，令人好奇的是，為什麼蒙迪安諾還是執意要往戲劇冒險？為何又要投入這場矛盾的經驗中，不見得能夠獲得正面回應，至少在此之前，普遍評論都未曾給予好評？或者我們應該問的是，他寫戲劇的立意為何？

蒙迪安諾曾表示過並不喜歡戲劇效果，不過他的小說中卻不乏戲劇的影射，並非他運用了什麼戲劇性的風格，而是他的小說塑造的人物經常包括一些演員，通常是一些二流、身分不明的演員，他們的人生就是在演戲或喬裝。對蒙迪安諾而言，戲劇的絕妙之處在於必須把它朗讀出來。他對戲劇的看法或許類似羅蘭・巴特（Roland Barthes）主張的，戲劇就是要捨棄文本，文本從一開始就被身體、物品、處境的外在性覆蓋。即使電影也與戲劇不同，電影還是比較接近小說：電影或小說中，人物可以低聲細語，可以喃喃自述，但在戲劇中，聲音必須發自身體，在舞台空間中產生迴盪。即使蒙迪安諾大多數創作都是小說，但他對每一種藝術表達方式都相當敏銳，某一個情節、某一段行動都有其最適切的表達手法。小說與戲劇肯定是不同的表達方式。戲劇是一種實踐，在舞台上呈現一個世界，不論虛構與否。戲劇是一場集體、感性的經驗，是一種轉眼即逝、不可逆轉的在場。小說不同，小說的視覺或感官的支撐，純粹靠紙上的文字來進行，小說可隨著讀者當下的閱讀時而暫停，時而繼續。

戲劇是一種肉身化、視覺化的呈現，演員透過人物的對話與肢體動作，將場景顯現，呈現在觀眾面前。但在蒙迪安諾的戲劇中，這樣的操作不無構成問題。他的戲劇捕捉的依然是他的個人世界，也就是他透過小說所反覆呈現的。戲劇的主題重拾了縈繞小說世界的主題：青春消逝的感傷、未竟夢想的哀悼、此起彼落的遺忘與記憶、對地點深深的想念。在蒙迪安諾的世界中，人物輪廓總是模糊不明、捉摸不定，彷彿具有幽靈體質，不斷逃逸、不斷改頭換面、不斷編造身分。小說便是透過書寫不斷試圖捕捉這些飄散的鬼魅。但戲劇的矛盾之處在於，一方面要將人物肉身化顯現，另一方面卻又不斷去物質化，由於人的分崩離析，由於空間的潰散消解。

舞台空間是一處耐人尋味的空間，所有蒙迪安諾鍾愛的主題最宜於透過戲劇的方式呈現：視覺與聽覺可以捕捉消逝的時光、刻劃時光的運動，燈光的明滅最宜於製造顯現與消失的辯證。人物有時真實地出現，有時只是透過想像而現身，他們曾經出現，接著完全消失。戲劇藝術最適合呈現幽靈，召喚消失在歲月裡的人。戲劇這種藝術表達形式，最是與時間脫不了關係，甚至最能呈現被時間捲走的一切人事物。舞台這樣侷限的空間或許最宜於呈現蒙迪安諾作品中人所存在的侷限性，人總是被過去的幽靈絆住，作家始終無法真正脫離二十歲「我們人生的最初」。

二流劇作還是契訶夫？

蒙迪安諾對戲劇再三嘗試，冒著可能還是不受好評的風險，這倒是讓我們想到，他的作品中總是少不了從事演員或演藝工作的人物，積極想要嶄露頭角。相對應地，作品中也提到許多二流作家，可能是曾經風光、但已遭人遺忘的作家，或自視甚高卻乏人問津的作家。在《我們人生的最初》中，可以很明顯看到兩組對立的人物：尚恩與多明妮可，尚恩的母親與情夫卡佛。除了世代上的對立，還有藝術工作者際遇上的對立。男主角的媽媽是一位演員，但只在一些次要的戲劇中扮演一些次要角色，而多明妮可卻擔綱演出了契訶夫《海鷗》中的妮娜。尚恩一心想成為作家，而媽媽的情夫是一位懷才不遇的作家，拘泥在文學修辭中，老是愛干涉尚恩的寫作。蒙迪安諾似乎對這類鬱鬱不得志、載浮載沉的演員、文學家特別投注一種憐憫、同情的情感。這樣的處境是否也對應到現實生活中蒙迪安諾在戲劇創作上的執著？作家對於創作者、藝術工作者存在著一種內心的焦慮：無法被人們給記住，有朝一日終將遭時代潮流淹沒。作家對那些才華洋溢但卻苦無機會闖出名號的藝術家，有一種執著的關注。終其一生，普魯斯特始終在詢問自己是否是一位作家，是否有天賦。同樣地，蒙迪安諾也一直被這樣的問題叨擾著：是否具有寫作的才華？是否能被接受？有朝一日，是否也會墜入遺忘的深淵，不見天日，就像在他之前的許多前輩作家們那樣？劇作中指涉了至少兩類型的創作文本：一邊是街頭滑稽通俗喜劇，另一邊則是契訶夫的名劇，而蒙迪安諾自己的創作會是屬於哪一類型的呢？就這樣，蒙迪安諾還是需要不斷書寫、不斷嘗試，即便失敗過，也還是想要重拾戲劇這個最令他著迷的文類，冒著讓他筆下人物不斷重蹈命運的可能，也要再次挑戰戲劇：一方面與過去的幽靈懇談，藉此駕馭這些不斷返回的夢魘，另一方面透過戲劇這種「召魂術」，重現過去曾經顯現的吉光片羽。過去雖已消逝，我們的精神與靈魂卻仍灑落在那兒，「標誌著我們人生的最初」。

人物表

多明妮可——20歲

尚恩——20歲

艾勒薇——50歲上下，尚恩的母親

卡佛——50歲上下

侯貝．勒．塔皮亞——75歲，劇院管理員

昏暗。尚恩的背影。他動也不動。

尚恩：我不想細數這些年……一切似乎依然歷歷在目……這不屬於過往……可是當我回頭想起，還是會感到一種突如其來的空虛……這些事，我沒有人可以說了……而且，也只有你，我只想對你一個人說……我好怕有些細節已經忘了……過了劇院管理員站著的那個小房間之後……

提高音量，像在對某人說話似的：

他是叫做鮑伯[1]．勒．塔皮亞，對吧？（停頓片刻。）你沒辦法回答我……他總是穿著三件式的黑色燈芯絨西裝……過了那個站著劇院管理員的小房間之後，我們爬上樓梯，到了梳化間的走廊……你的梳化間在右邊……但我已經記不得是第一扇門還是第二扇了……是第一扇還是第二扇？只有你能告訴我了……

燈光漸漸亮起。舞台的一角是一個梳化間，台下看到的是它的剖面。一個年輕人坐在沙發上，沙發非常低，靠著牆放。鏡子和梳妝台的那一側有個喇叭，可以讓人聽到劇場正在進行的排演。劇目是契訶夫的《海鷗》。喇叭傳出多明妮可的聲音，她扮演妮娜的角色。

妮娜：我父親和他的妻子不讓我來這裡……他們說這裡生活放蕩……他們就怕我起了當演員的念頭。

特列普列夫：這裡只有我們。

妮娜：那裡好像……

1. 鮑伯（Bob）是侯貝（Robert）的暱稱。

特列普列夫：沒有人。

導演薩維斯貝格的聲音：現在，你們要相吻。

妮娜：這是什麼樹？

特列普列夫：榆樹。

妮娜：為什麼這麼黑？

導演薩維斯貝格的聲音：不是。是「為什麼樹這麼黑……」

特列普列夫：夜幕低垂，一切都變黑了。別這麼早走，我求您。

妮娜：不行。

特列普列夫：還是我去您那兒，妮娜？我會整夜站在花園，守候在您的窗前。

妮娜：不行，那裡有守門人，而且特列索爾[2]對您還不熟悉……

特列普列夫：我愛您。

導演薩維斯貝格的聲音：多明妮可，你漏了一句：「……而且特列索爾對您還不熟悉，牠會開始吠。」

好了……孩子們，這樣子很好……我們休息一下……

過了一會兒，多明妮可進了梳化間。

她像是筋疲力盡，跌坐在梳妝台前的椅子上。

多明妮可：我永遠都沒有辦法……

尚恩：怎麼會……你可以的……

多明妮可：我覺得薩維斯貝格對我不滿意……

尚恩：這是你的錯覺吧……我聽了你們的排演……他就是吹毛求疵而已……他希望演員都可以做到最好……

2. 狗的名字是 Trésor（法文），意為「寶貝」。（十九世紀俄國上流社會人士以說法文為榮。）

多明妮可轉向尚恩。

多明妮可：是嗎？真的是這樣嗎？

尚恩：不管怎麼樣，照著薩維斯貝格的話去做，總好過聽卡佛的……

沙發上，尚恩的身邊有個公事包，提把上鍊著一個手銬造型的手環。他指著公事包給多明妮可看。

尚恩：你看到了嗎？……我的稿子都收在裡面……不管去哪裡，我都會把這公事包銬在手上帶著走……我實在太害怕我不在的時候卡佛會發現我的稿子……就像上星期……他真的會把我的稿子撕掉……

多明妮可：他到底為什麼要對你這麼苛刻？

尚恩：我也常問自己這個問題。

多明妮可：你跟你母親說過嗎？

尚恩：她總是幫他找理由。他們已經在一起生活十年了……（沉思貌。）真是古怪的一對……

多明妮可：剛才，就在排演前，我在路上碰到你母親……她狠狠瞪著我……手裡還拿著雨傘……真怕她一把揮下來就打在我臉上……

尚恩：我們可能常常會遇見她……我們的運氣也真差，巴黎少說有五十家劇院，她偏偏就在你隔壁演出……兩家劇院靠得這麼近卻又天差地遠……證據就是你演的是契訶夫的《海鷗》，而她呢，她是《周末愉快，岡薩雷斯》……就是因為這樣，她才會對你懷恨在心……

多明妮可：可這根本沒有道理……

尚恩：不過，劇院就是劇院……台上演的戲碼會變，可是永遠有一樣的後台、一樣的梳化間、一樣老舊的大紅布幕，登台之前也一樣會焦慮……我還聽說，兩家劇院之間有一條祕密通道……希望我母親不知道……不然，說不定哪天晚上，她會從你的梳化間裡冒出來，拿雨傘打你……

多明妮可：然後卡佛也會找來這裡，跟你說教……

尚恩：我已經做好準備了……

他把公事包拉過來，將手銬狀的手環套在手腕上。手環銬上時，發出金屬碰撞聲。他伸出手臂，公事包懸掛在手腕上。

卡佛要來就來吧……上次，他不懷好意地問我，想套出我寫了幾頁……他聳聳肩……用力吸了菸嘴，臉頰凹陷得比平常更深。他對我說，我早就知道這稿子很糟，因為你這年紀根本不懂什麼是技巧……而寫作講究的就是技巧，跟芭蕾舞一樣。

多明妮可：我可憐的尚恩……你得聽他說這些？

她起身，走向沙發，在尚恩旁邊坐下。她拿起懸掛著的公事包，放到尚恩的腿上。

剛才排演的時候，我想到一件事……《海鷗》裡的人物跟我們有一些共通點……這齣戲裡的母親是個演員，兒子想成為作家……就像你和你母親……而你母親的男朋友卡佛也是作家，跟那個女演員的男朋友特里戈林一樣……

尚恩：卡佛才不是作家……他最多就是個記者……

多明妮可：而妮娜——我演的那個角色——也是個演員……跟我一樣……

尚恩：你的想法我可以理解……不過這可能是一齣有點平庸又寒酸的《海鷗》。

多明妮可：為什麼會「平庸又寒酸」呢？

尚恩：我不是說你。剛才我聽了你排演，你是妮娜這個角色沒錯……這是聲音和語調的問題……你的聲音是這個角色的……至於我母親，她跟契訶夫那齣戲裡的女演員根本相反……卡佛也完全不像那個作家特里戈林……

多明妮可：那我們倆呢？我們跟《海鷗》裡的人物一樣，不是嗎？

尚恩：你的話，是一樣……可是我……拿著老舊的公事包，手上還銬著這個手銬……我走在路上的時候，大家都用古怪的眼神看著我……而且我不像《海鷗》裡的年輕人想要自殺，我對未來充滿信心。

多明妮可：我也是。

尚恩：總有一天，我不必再這樣，非得在手上銬著一只手銬才能保護我的稿子，你也不會再因為演出契訶夫的作品，而有可能被我母親用雨傘攻擊……

多明妮可：別為我擔心，更糟的事我都見過了……我可是個鄉下姑娘呢……

尚恩：這種事，人生裡常常會有……窗子開著……壞東西就會趁機鑽進你房間……

大黃蜂……蟑螂……帶來厄運的鳥……牠們會在你身邊繞呀繞……我們必須手臂交叉，動也不動，尤其是不要做任何動作引起牠們的注意……牠們最後會自己離開房間……

多明妮可：我可不怕黃蜂，也不怕蟑螂。我跟你說了，我是個鄉下姑娘……

尚恩：我覺得你還是要提防一下……卡佛有可能來你的梳化間……跟你談我的事……要你別再跟我見面……他覺得你對我造成非常壞的影響，他覺得女人全都是禍害……我不知道為什麼他非得要插手干涉我的人生……到底憑什麼？他又不是我父親……

多明妮可：就是說啊……他甚至不是你父親……

尚恩：總之，小心點，他可能會很有攻擊性……

多明妮可：我誰都不怕……

尚恩：你還記得嗎？有一次我們經過奧德昂劇院那邊的路口，卡佛剛好從健身俱樂部出來。那次他幾乎沒跟我們說什麼話。

多明妮可：他一直在逃避我的目光，好像怕我傳染什麼性病給他似的。他讓我留下非常古怪的印象，簡直就像個還俗的神父……或是葬儀社的員工……可是，他為什麼要上這些健身課？

尚恩：我不知道……那是一個很大的健身俱樂部，在聖日耳曼大道……他想過要拉我一起去，但是我很有禮貌地拒絕了，他很失望我不加入他們的活動……他們在那裡做重量訓練、鞍馬、單槓、引體向上……你要是看到他們這樣莫名其妙地盪來盪去，一連好幾個小時……你一定會頭暈。一堆男人擠在那裡……

多明妮可：那你母親呢？她怎麼想？

尚恩：她什麼也沒想。她跟卡佛，他們兩個的關係很特別……就我所知，他們在一起，有點像兄妹。

多明妮可（不明白）：像兄妹？

尚恩：有一次，我看見他們並肩走在路上……兩人的身體同樣僵硬，踩著同樣的步伐，簡直就像同一個部隊的戰友，或是串著同一條繩子的登山隊友。

多明妮可：你們這家人還真奇怪……

尚恩：你覺得我們稱得上是一家人嗎？

多明妮可：我從三年前抵達蒙帕納斯車站之後，就跟家人斷絕關係了……（停頓片刻。）我想拜託你一件事……你可以陪我練習一場戲的結尾嗎？明天下午我得演給薩維斯貝格看……

她拿起放在梳妝台上的小冊子，再走回沙發，坐在尚恩旁邊。她翻著劇本尋找那場戲。他們挨著對方，尚恩的公事包一直銬在手腕上。

就是妮娜跟作家特里戈林那場的結尾。

多明妮可繼續翻劇本，小冊子攤在他們的腿上。

尚恩：你找到了沒有，妮娜？

多明妮可：嗯，找到了，康斯坦丁・加弗里洛維奇・特列普列夫。

她用食指指著要練習的段落給尚恩看。

尚恩低頭去讀劇本。

尚恩（扮演特里戈林）：他們在叫我……我想，我得收拾行李了。可是我一點都不想離開這裡。這裡真像是天堂，多麼美好。

多明妮可（沒看劇本）：您看見對岸的房子和花園了嗎？

尚恩（讀劇本）：看見了。

多明妮可：那是我過世的母親的莊園。我在那裡出生。我這輩子都在這個湖畔度過，湖裡的每一個小島我都很熟悉。

尚恩（讀劇本）：你們這裡真是美好！這是什麼？

多明妮可：海鷗。是康斯坦丁．加弗里洛維奇打死的。

尚恩（讀劇本）：好美麗的鳥。我真的不想離開。您能不能去勸伊琳娜•尼古拉耶芙娜留下來。

尚恩假裝在記下什麼。

多明妮可：您在寫什麼？

尚恩（讀劇本）：沒什麼，一點筆記⋯⋯關於一個短篇小說主題的⋯⋯一些靈感：有個年輕女孩，從小住在湖畔，就像您這樣的女孩；她跟海鷗一樣愛這片湖水，跟海鷗一樣快樂又自由。可是有個男人經過那裡，看見那女孩，出於偶然，或者因為無事可做，男人取走了女孩的性命，彷彿她就是一隻海鷗……

台詞讀著，燈光漸暗，讀到最後，

他們的聲音在黑暗中迴盪。

燈光漸漸亮起。梳化間裡，尚恩獨自一人坐在梳妝台前，

修改他的幾頁手稿。

公事包在他的腳邊，半開，

提把上的鍊子連接到尚恩手腕上的手銬。

梳化間的門慢慢打開。

卡佛穿著一身黑，戴著一頂六〇年代流行的黑色皮帽走進來。

尚恩：嗯。

卡佛：所以……你整天都待在這裡？

尚恩繼續改他那幾頁稿子，沒多理會卡佛。

卡佛：這就是你寫作的地方？

尚恩：嗯。

卡佛：你還戴個手銬在手上？

尚恩：這手銬有一條鍊子繫住我的公事包，我把稿子放在公事包裡面，這樣就不可能弄丟，也沒有人可以把我的稿子撕掉。

卡佛：真是可笑的想法……

尚恩（聲音平靜）：您跟我說過，最好是把這稿子撕了……

卡佛：為什麼你跟我說話要用「您」？

尚恩：我有時候沒辦法用「你」稱呼別人……

卡佛：其實我覺得，你這份稿子就算撕了，也沒什麼太大損失……我碰巧讀過……有一天下午，你把稿子留在你母親家……總之，很不幸地，驗證了我先前所說的。

尚恩：我為您感到遺憾。

卡佛：我知道你沒照我的建議去做……我跟你說過很多次，不應該這麼輕率就下筆……文學是需要很多工夫的……你想知道我的感覺嗎？如果你是普魯斯特，大家早就知道了……

尚恩（客氣貌）：當然。

卡佛：你得把這可笑的手銬拿掉……弄得好像你的稿子多值錢似的，得鎖進銀行的保險櫃裡……

尚恩（語氣冷淡）**：**您放心……再過不久，我就不會再需要這副磨人的手銬了。我會用自由的雙手來寫作。

卡佛：好大的口氣……（停頓片刻。語氣既嚴厲又虛情假意。）你知不知道，你讓你母親有多傷心？她排練了一個星期，她的梳化間你連一次都沒去過……你該不會忘了你還有個母親吧？你就寧願跟個沒有前途的小戲子耗在這裡，把身體給搞壞……

卡佛說話時，尚恩一臉笑意看著他。

尚恩：把身體搞壞？您想說的是什麼病？還有，您說的「小戲子」到底是什麼意思？

尚恩起身走向喇叭。他轉動開關。喇叭傳出劇場裡排練的聲音。

一個沒有前途的小戲子會演出契訶夫的作品……

多明妮可清晰的聲音在梳化間響起，彷彿人就在那裡。

妮娜：您看見對岸的房子和花園了嗎？

特里戈林：看見了。

妮娜：那是我過世的母親的莊園。我在那裡出生。我這輩子都在這個湖畔度過，湖裡的每一個小島我都很熟悉。

特里戈林：在你們這裡真是美好！這是什麼？

妮娜：海鷗，是康斯坦丁・加弗里洛維奇殺的。

特里戈林：好美麗的鳥。我真的不想離開。您能不能去勸伊琳娜・尼古拉耶芙娜留下來。

尚恩將喇叭的音量轉弱，剩下的排練內容變成背景聲。

卡佛依然動也不動。

卡佛：你們這兩個自以為是的傢伙……未來的大作家和名演員，是吧……

尚恩：她是個心思非常細膩的女孩……她跟我提了一個你會感興趣的想法……她說她發現契訶夫這齣戲裡的人物和我們有一點像……但我立刻就糾正了她……我跟她說，您其實不算是特里戈林那樣的作家……而我母親和那個年輕人的母親——就是那位偉大的演員伊琳娜・尼古拉耶芙娜——也完全無法相提並論……而且，我跟那個年輕人也不一樣，我從來就沒有想過要自殺。

卡佛：你不認為我是作家？你也瞧不起自己的母親？

尚恩：（非常平靜）我得把這段對話記下來，留著以後用。說不定哪天我會寫一齣戲，你們都會在裡頭出現，您和我母親就像過去的幽魂……

卡佛：幽魂？

尚恩：可以讓我記下您說的話嗎？我以後用得到。

卡佛：所以你也打算要當劇作家嗎？可是，我可憐的朋友，你太懶散了……我看過沙特當年寫劇本的時候是怎麼工作的……他在寫那些劇本以前，徹底研究過那些十九世紀劇作家運用的每一種結構技巧，他就像個鐘錶匠的學徒。他還讀完整套尤金·司克里布（Eugène Scribe）的戲劇作品，手裡隨時都拿著筆，在每一頁都加上評註。

尚恩：（幻想貌）：手裡隨時拿著筆？

卡佛：沒錯，隨時都拿著筆。

尚恩（裝傻）：您也一樣吧，您一直都是這樣工作的吧？隨時都拿著筆？

卡佛：多麼悲哀啊，一個像你這個年紀的男孩，走向災難……有人想拯救他，但是卻不敵軟弱與放蕩……而和那個女孩交往之後，情況又更嚴重了……

尚恩：那個「小戲子」？您真是這樣想的嗎？

卡佛：你不能允許自己有絲毫的放縱。你有物質方面的責任要承擔……如果你夠勇敢，就該去找個工作，讓你母親過上好日子，那是她應得的……

尚恩：是的，我應該照您的建議去做……您就是我的導師……我們這個時代已經越來越少這樣的人了……我們遇到的都是些糟糕的牧羊人……

卡佛：我已經跟你說過，別在我面前耍小聰明……我多麼希望可以尊重你……但是你好像沒有意識到，有些東西在生命裡是必要的……我們需要去崇拜某些人……你可以拿他們當榜樣……跟這些人有所接觸，我們就會向上提升……我常常想到一本書……書名很美，叫做《人生如船艏》（*La Vie en forme de proue*）……我希望你別陪著那個女孩，在劇院的梳化間裡浪費時間又傷害身體，她只會對你造成負面影響，拖著你向下沉淪……你要記住……（聲音突然非常低沉。）人生如船艄。

尚恩（沉思貌）：人生如船艄……

卡佛：你知道，我一直都很欣賞舞者和鬥牛士……我寫過幾篇關於這些人的文章……特別是路易斯・米格爾・多明金（Luis Miguel Dominguín）和埃爾・科爾多瓦（El Cordobés）……還有那個非常年輕的鬥牛士，大家都叫他埃爾・利特里（El Litri）……當然，還有魯道夫・紐瑞耶夫（Rudolf Noureev）……和他們接觸的時候，我感覺到……要怎麼跟你說呢？……一種令人讚嘆的感覺……我欣賞他們的工作、他們的勇氣、他們的美麗……如果你曾經在早晨看過紐瑞耶夫在扶手槓前一連練習好幾個小時……還有埃爾・利特里，當他還是青少年的時候，走進鬥牛場……宛如從天而降的大天使……我希望你可以像他們一樣……

尚恩：可是跟這些明星相比，我什麼也不是……就是一粒灰塵……

卡佛：你真該聽我的……我就要五十歲了……別以為我不知道自己有多少斤兩……我很清楚，我和契訶夫那齣戲裡的大作家特里戈林無法相提並論，就像你好心提醒我的那樣……但我是經驗老道的專業人士……我在你稿子裡讀到的一些笨拙的地方，我可以幫你改掉……也可以教你一些東西，像是如何使用隱喻，你好像不知道該怎麼做……一個平庸的運動員可以是傑出的教練……我可以為你扮演教練的角色……

尚恩：您人真好……我看見了，您已經在我稿子的開頭做了一些修改……

卡佛：沒錯，我是改了幾個地方……這是我的職業病……我是專業人士……

尚恩（翻著自己的稿子）**：**我認為您加了太多形容詞……

卡佛：可是你的文風實在太平淡……太枯燥了……

尚恩（難過貌）**：**我寫的只是「一陣雷聲」，您把它劃掉，改成「雷聲在遠方像沉悶的雪崩滾滾而來」。

卡佛：你得讓句子生動起來啊，笨蛋……

尚恩：還有這裡，我寫的是「他脫口而出的短短幾句話」，您卻加上「就像美食家放的屁」。

卡佛：這就叫做隱喻。你對我沒信心嗎？我給你個建議：把你的爛稿子徹底忘記，我會一字一句告訴你該寫什麼……這會是一次美好的經驗，有點像福樓拜大聲讀稿的那種寫作方式。

尚恩（有禮貌地）：但是我不想要有人告訴我該寫什麼。

卡佛：這會是我們之間非常強烈的連結，就像大鼻子情聖替克利斯提昂代筆寫情書……

尚恩：我不需要有人替我代筆任何文字。

卡佛：還真是傲慢！當年我在沙特身邊工作，還幫他修改過幾篇文章呢，甚至整篇重寫。我還幫他的一齣戲刪了其中的幾段……

尚恩：手裡隨時拿著筆？

卡佛：你只會說這句嗎？

尚恩保持沉默。

卡佛：這種堅持根本沒用……你以為你比我行嗎？好啊，我就讓你去跟那個小戲子在一起，讓你繼續平庸下去……我在你這年紀的時候比你有野心多了……我夢想成為詩人……在我眼裡，小說這種東西太粗糙了……

他走向舞台前沿，像在對觀眾說話。

我最早寫的是一本詩集，叫做《深沉之歌》……（聲音變低沉。）我在斷句這方面很

有體會……有些時候，我們得讓詩句帶一點懸念，去創造一小段重要的時刻……要
我為你們舉個例嗎……？你們聽聽看，我的詩集是這樣結束的：

卡佛充滿自信，開始背誦，但他漸漸失去信心，最後幾句讀得磕磕絆絆。

沒有其他六月比這夏至的
六月更燦爛
大人們早已戰敗
而你呀你在矮樹叢裡奔跑並且
擦破膝蓋
純潔又暴力的男孩

遠離村民，遠離淫蕩的女孩
藍天從來不曾這麼藍

停頓片刻。他站得筆直，彷彿企盼著掌聲。
他表現出失望的神情，因為掌聲並未出現。
舞台後方已不見尚恩的身影。
不久之後，卡佛開始倒退離去，宛如夢遊，緩緩離場。
黑暗。燈光再次亮起。
在多明妮可的梳化間，尚恩躺在沙發上。
沙發上方的喇叭可以讓人聽到隔壁劇院
正在排練《周末愉快，岡薩雷斯》。

人聲（非常宏亮）**：**喂……岡薩雷斯！

另一個人聲：回答我們呀，岡薩雷斯？

另一個人聲：我們知道你躲在上面……

另一個人聲：你當我們是傻瓜呀，岡薩雷斯？

另一個人聲：我們要來找你了，岡薩雷斯！

然後所有人齊聲喊：

周末愉快，岡薩雷斯！周末愉快，岡薩雷斯！耶比，耶比，耶比，喲呼，

為岡薩雷斯歡呼！！

尚恩起身關了喇叭。

多明妮可走進她的梳化間。

尚恩：還好劇院管理員很好心，在這裡裝了個喇叭，我才能聽見《周末愉快，岡薩雷斯》的排練。這樣我們才知道我母親什麼時候會上台，就不會在路上碰到她。

多明妮可：反正我運氣很好，從那天以後就沒再遇過她了。

尚恩：我很確定，她一定會突然跑來這裡……她的休息室說不定就在這堵牆的後面……劇院管理員跟我說過，這兩家劇院中間有一條通道……其實也說不上是通道……就是一扇很簡單的聯通門……

多明妮可：尚恩，別再想了。

尚恩：其實我不該告訴你，昨天下午，卡佛來你的梳化間找我……

多明妮可：尚恩……我剛剛也在想，是不是應該告訴你……我今天早上碰到卡佛了……

尚恩（驚訝貌）**：**真是奇怪！昨天他像鬼魂一樣倒退著離場的時候，我還以為我們永遠都不會再見他了……

多明妮可：我從家裡出來，他就站在瓦朗斯街跟戈布蘭大街的街角……像在站崗監視似的……我是可以往另一頭走，可是為什麼，為什麼我要逃走？他向我走了過來……他穿一件暗綠色的軍用雨衣……還穿靴子……

尚恩：靴子？

多明妮可：對。

尚恩：還戴一頂黑色皮帽？

多明妮可：沒有，他什麼都沒戴。他對我說：「我來跟您談尚恩的事。」他的聲音很虛情假意，可是有時候又很生硬。他接著說：「我請您不要再跟尚恩見面了。這是為他好。他這個男孩，太脆弱了……」

尚恩：太脆弱？是他老想把我們逼哭吧……

多明妮可：他跟我說你母親非常擔心你……

尚恩：她一直是這樣……她是那種在暗處默默犧牲，而且無論如何都會支持兒子的母親……在我十一歲到十八歲的期間，我去找過她兩三次，每次也不過是一個小時……她很快就不耐煩了。

多明妮可：卡佛對我說著說著，語氣變得越來越可怕。

尚恩：我想，在《海鷗》裡跟特里戈林說話，應該不會是這樣吧……

多明妮可：當然不是。不過這讓我有一種奇怪的感覺……我像是發了高燒，契訶夫的劇中人在我眼裡都扭曲了。

尚恩：我懂……那就像在巴黎馴化園（Jardin d'Acclimatation）的哈哈鏡裡看到這些劇中人。或是像……聽一個喝了假酒的醉漢在瞎扯這齣戲……

多明妮可：他說得很清楚，就算你把書稿寄去出版社也沒用……他們會退你的稿子……無論如何，他都會用他的方法讓你無法出版……

尚恩：特里戈林才不會說這種話。

多明妮可：他從雨衣口袋拿出一本筆記本，翻開之後對我說：「您住在瓦朗斯街九號對吧？我跟尚恩的母親，我們每天晚上都會來敲門，確認尚恩是不是跟您在一起……不然就是在您家樓下站哨，不讓他上樓……」

尚恩：這幾天我們還是別回你家了。

多明妮可：他們會這樣糾纏你很久嗎？

尚恩：卡佛自以為可以控制我……真是個頭腦簡單的傢伙……而且他這種人，又頑固又愛說教，一天到晚叫大家要勇敢，自己卻連電梯都不敢坐……

多明妮可：他看起來不太喜歡女人……

尚恩：也不喜歡男人。我相信他的生活裡根本沒有性。而且我母親也沒有。

多明妮可：所以沒有任何方法可以讓你母親跟卡佛冷靜下來嗎？

尚恩：他們總是一搭一唱，讓對方陶醉在這種幻想裡……沒多久前，他們開始在我面前扮演高尚的父母……就像兩個演員，被一個爛到不行的戲班子老闆找去演一些不適合他們的角色……

多明妮可：你確定我沒辦法讓他們恢復理智嗎？我是個鄉下姑娘，我的腦袋可是很清醒……

尚恩：你就別費心了。再忍一忍……他們最後都會隨風飄散的……

多明妮可：你真的覺得我們這幾天都不要去我家嗎？

尚恩：這樣比較保險……他們會大吵大鬧，去按你家的門鈴，或是在街上找你麻煩……他們就是要你演壞女人，我呢，就是有為的青年，而他們的角色則是可敬的父母……到頭來還得報警，然後我們會跟這兩個倒楣鬼一起出現在警察局……還是我們去你的梳化間過夜？

多明妮可：沙發不會太小嗎？

尚恩：劇院管理員鮑伯・勒・塔皮亞給我看過前任劇院女經理讓人幫她佈置的房間……裡頭放了一張有頂棚的公主床……到處都是鏡子……就連天花板也有……

多明妮可：我們可以睡那裡嗎？

尚恩：當然可以……我們去跟他解釋現在的情況，他會理解的……他跟我說過這個老演員兼劇院經理的趣事……她都八十歲了，還希望人家叫她「小姐」。有一次，鮑伯不知中了什麼邪，跟她說起劇院新來的女演員，他用了「年輕女孩」的說法……劇院經理跺著腳，一臉不高興地說：「這裡只有一個年輕女孩，就是我！」

多明妮可：算了，我可不想睡她的房間……我很迷信……我怕這個彆腳的老演員會害我倒楣……

尚恩：你說的對。

多明妮可：我們可以待在這裡，把門鎖上，免得他們兩個突然跑來。

尚恩：他們晚上不會來的，他們會像哨兵一樣守在瓦朗斯街跟戈布蘭大街的街角。

多明妮可：真的嗎？

尚恩：他們會安安靜靜、動也不動，像兩個稻草人。

多明妮可：尚恩，你嚇到我了……

尚恩：你今天下午還要排戲嗎？

多明妮可：嗯……最後那場……跟你的那場……

尚恩：可是我不是康斯坦丁．加夫里洛維奇．特列普列夫，我不會自殺。那兩個稻草人沒辦法讓我意志消沉。

多明妮可拿起梳妝台上的小冊子，

他們坐在沙發上，靠在一起。

多明妮可翻著劇本。

多明妮可：你看……在這裡……

3. 科斯佳（Costia）是康斯坦丁（Constantin）的暱稱。

她指著那頁。

他們讀劇本的同時，

燈光漸暗，直至全黑。

多明妮可：我現在知道，也明白了，科斯佳[3]，我們的事業——不論是在舞台上表演還是寫作——最重要的不是榮耀也不是光芒四射，也不是我夢想過的一切，而是要能夠承擔……要能夠扛起自己的十字架，並且要有信念。我有了信念之後，就沒那麼痛苦了，當我想到自己的使命，我就不再害怕生活了。

尚恩（悲傷地）：您找到了自己的出路，您知道要往哪裡去，我卻仍舊在夢想和想像的混沌之中奔波，不知道這是為何而寫，也不知道是為誰而寫。我沒有信念，也不知道我的使命是什麼。

黑暗。

燈光再次亮起，打在多明妮可與尚恩身上。

他們站在舞台中央，舞台一片空曠，

沒有任何布景。

多明妮可：這裡可以好好呼吸呢。

她深呼吸，轉身看向尚恩。

現在幾點了？

尚恩：凌晨兩點。

多明妮可：睡在梳化間真是個好主意……我們可以住在這裡直到彩排……甚至更

久……我確定鮑伯會同意的……

尚恩：說不定他會雇我來守夜？

多明妮可：這裡，現在這個時候，空氣好輕盈……你年紀比較小的時候，都沒有像我一樣的經驗，有時會有窒息的感覺嗎？

尚恩：可能有吧，但我沒有意識到。

多明妮可：我從小就常常感覺到窒息……後來，我總是夢想要去海邊或山上，希望可以好好呼吸……直到那天，第一次站上舞台……儘管那時候怯場，但是呼吸的時候，有一種前所未有的暢快……從此以後，我再也沒有窒息的感覺了……何必去山上或海邊呼吸新鮮空氣呢？新鮮的空氣，就在這裡……

停頓片刻。

尚恩：多麼安靜啊……

多明妮可：鮑伯跟我說過，劇院晚上會發生一些怪事……只要習慣了這種安靜和一排排空蕩蕩的座位，就會聽到一些聲音，不過這種聲音非常遙遠，沒辦法立刻聽到……必須聽上好幾天、好幾個月才能真正聽見……有點像在練瑜珈。

尚恩：你呢，那些聲音你聽過嗎？

多明妮可：我還沒聽過。不過鮑伯跟我說，薩維斯貝格聽過。

尚恩：你跟薩維斯貝格提過這件事嗎？

多明妮可：我不敢。鮑伯跟我說過，最好別跟薩維斯貝格提這件事。這跟他的工作方法有關……他不想讓別人知道他的祕密。

尚恩：什麼祕密？

多明妮可：薩維斯貝格好像每次要導一齣戲之前，都要知道在他前面的人是怎麼做的，還有那些演員是怎麼演的。知道這些之後，他才能自由自在地發揮。

尚恩：這些都是鮑伯跟你說的嗎？

多明妮可：他在清理劇院前面的海報板……才撕下最近演出的海報，底下就又出現一張，然後又是另一張……就這樣一直刮呀刮的，終於把最底下那張海報的碎片也清掉了——那是二十五年前的一齣戲，叫做《巴拿馬小姐》……他跟我說，這就是薩維斯貝格的方法……試著聽到過去的演員是怎麼演的……聽說很久很久以前，這裡演過契訶夫的《海鷗》……

兩人閉口不語，像是試著要接收到什麼聲音。

尚恩：現在我明白了……從第一場演出開始，所有演員的聲音都滲進了這些牆壁、這個舞台還有這些包廂……就好像在一個共鳴箱裡迴盪。只要按一個按鈕——說不定按鈕就藏在後台的什麼地方——我們就會聽到這五十年來演出的所有聲音、所有戲碼……

多明妮可：這就要問鮑伯了。

他們坐在舞台上，靠在一起。

尚恩：你真的覺得凌晨兩點的時候，表演廳裡一直是空空盪盪的嗎？我很確定，在這個時間，那些老觀眾都回來看那些老戲碼了……有點像永恆的輪迴……只是我們看不到他們……我們不夠專心……

多明妮可：這就要問鮑伯了……

燈光漸漸變暗。

你覺得我們有需要回梳化間嗎？

尚恩：不用……我們可以睡在這裡……

他們就地躺下，此時燈光漸暗，直至全黑。

燈光再次亮起，打在艾勒薇和卡佛身上，

兩人靠在一起，站在舞台前沿。

在他們身後，舞台上一片漆黑。

卡佛：你現在該扮演你的母親角色了。在一個男人的生命裡，唯一舉足輕重的女人就是他母親。沙特直到六十歲都還跟他母親一起生活。

艾勒薇：所以，那女孩就住在這裡？

卡佛：對，就在那邊，那棟紅磚大樓的旁邊。只要看到他們出現，我們就去把人攔下來。

艾勒薇：這女孩，我要把她眼珠子給挖出來，看她還能不能演契訶夫的戲……

卡佛：我們一定要兩個人一起，我們一定要有足夠的力氣把你兒子拖走……一人抓一條手臂，把他拖上車……我會盡我所能，拯救這個男孩……

艾勒薇：我會去跟那個女孩談一談……別以為她演了契訶夫的戲，就可以對我兒子為所欲為……你覺得她會不會已經傷害他了？

卡佛：上次，她還頂撞我。這個女孩很危險。對她來說，你兒子根本是手到擒來的獵物。我看得出來，她已經讓他墮落了。

艾勒薇：你覺得她會不會已經讓他失去了……（她尋找著措辭）他的純潔？

卡佛：很遺憾，是的。我們得拯救這個男孩……如果有必要，我會整夜守在這裡……

艾勒薇：我也是。

卡佛：他們總會出現的……如果要監視那兩個街口，這裡是最好的位置……但是我很確定，他們會從戈布蘭大街那頭出現……

艾勒薇：只有你能讓他走上正軌。你是個作家啊。

卡佛：我很願意給他一些心理上的支持，但不是物質上的。就算他要餓死了，我也不會給他一分錢……你這個做母親的，必須讓他面對自己的責任，逼他盡快找到工作……最起碼的就是，他要能幫你付房租……

艾勒薇：我同意你說的。

卡佛：這是唯一能拯救他的方法了。

艾勒薇：我聽到腳步聲了……

卡佛從口袋裡拿出手電筒。

他打開手電筒，光線掃過舞台前方。

卡佛：不是……沒有人。

艾勒薇：你確定？

卡佛：我們得回那女孩家去了……剛才我敲門，按電鈴，還踢了幾下門板……如果他們在裡面，怕事情鬧大的話，應該是會出來應門。但是也有可能，他們真的在裡面……這一次，我要下重手了……我要把門鎖撬開……

他從口袋裡拿出一把瑞士刀。

艾勒薇：你說的對，得救出我兒子才行。

他們往舞台後方走去，卡佛用手電筒照路。

尚恩從手電筒的光束中現身，非常平靜，

這次出現感覺很不真實，像在一場夢裡。

艾勒薇和卡佛動也不動，愣在那裡。

尚恩朝他們走來。

尚恩：真是奇怪的相遇……我以為你們早就死了……

艾勒薇（僵硬又做作）：我的孩子……我可憐的孩子……

尚恩：你們還活著？你們在街上幹什麼？現在是凌晨兩點。

艾勒薇：我們來找你啊，我的孩子……我們想要救你，脫離那可怕的女孩……

尚恩（看起來沒有聽懂）：什麼可怕的女孩？

艾勒薇：你明明知道……就是演契訶夫作品的那個……

她想要擁抱他。

我的大男孩……

但是尚恩把她輕輕推開。

卡佛（手握瑞士刀）：尚恩，別推你母親。

尚恩：現在是哪一年？我真的以為你們已經死了……

卡佛：我們對你的關心從來不曾停止，你母親真的很擔心……

尚恩（目光在兩人之間游移）：實在看不出來，你們的生活有什麼喜悅。

卡佛：你怎麼能要我們有什麼生活的喜悅？你母親每天半夜都醒來，對我說：「尚恩不見了……不見了……你想想辦法……」可是我能做的都做了……你不聽我的建議，你母親說的也不聽……

尚恩（客氣地）：因為您會給我建議嗎？我都不記得了。

卡佛：真是個忘恩負義的傢伙……我想要拉著你往高處走……我願意用某種方式當你的導師……你記得嗎？

艾勒薇：他給了你一些很好的建議……他一直提醒你，不讓你被寫作的難題困住……他可是個作家啊……

尚恩：你們不覺得今年的九月很棒嗎？夏天還沒有走遠……我在巴黎街上散步……生活真美好……我很快樂……

卡佛：真的嗎？你很快樂？那你可真幸運。

艾勒薇：我真的好擔心……你沒生病吧，我的孩子，沒有吧？

尚恩：沒有，完全沒有。

艾勒薇：你確定你沒生病？你什麼事都可以跟我們說，我的孩子。

卡佛：別對我們隱瞞實情，我們想幫助你。我們已經有心理準備要面對最糟的情況了，過去我們不都是這樣一起面對的嗎？

尚恩：真的沒事，你們放心……人生從來不曾這麼美好……

艾勒薇：告訴我們實情，我的孩子。你真的沒有生病，而且真的很快樂嗎？

尚恩：很快樂，而且很有錢。

她看似失望。

艾勒薇：要對父母好一點，他們這麼擔心他們的孩子。那個女孩呢？她還在演契訶夫的戲嗎？

尚恩：不只是契訶夫……她後來還演了吉侯杜、繆塞、高樂侍、皮藍德羅、莎士比亞、拉辛、蕭伯納……

艾勒薇：別說了！

卡佛：別讓你母親不高興！

尚恩（對卡佛說）**：**您還是一直不信任女人嗎？

卡佛：你怎麼敢問我這種愚蠢的問題？

尚恩：您不是一直要我別碰女人……。

卡佛：那是為你好……為了讓你繼續做一個正直的男孩……「一個純潔又暴力的男孩」，就像我第一本詩集裡寫的那樣……

尚恩：您跟我提過的那些鬥牛士和舞者後來怎麼樣了？

卡佛：後來我就不知道了。

艾勒薇：剛才，你說你很有錢……

片刻後，艾勒薇向尚恩走去。

尚恩（聳了聳肩）**：**我開玩笑的。

艾勒薇：你不能給我點錢應應急嗎？只要下個月的房租就好……之後我們再看……

卡佛：你母親現在的日子很難過……你還記得嗎……我一直勸你去找個工作，幫你母親付房租……我還建議你去買個壽險，讓你母親可以領年金……

尚恩：當然記得……請等一下……我身上還有一點錢……之後我還會再寄給你們。給我你們的地址吧。

卡佛：你寄到郵局 23-212 支局。存局候領。

卡佛一副上流人士的姿態，遞了一張看似名片的東西給尚恩。

尚恩翻了翻口袋，找出一張鈔票給他母親。

艾勒薇把鈔票放進皮包裡。

艾勒薇：我的大男孩……你不想要我們擔心，可是我敢說，你一定過得很不快樂、過得很窮困，而且那個女孩也不能再演契訶夫的戲了……我沒說錯吧？我從來都不會錯的。

尚恩跟他們漸漸遠離，他在舞台後方向卡佛和艾勒薇揮了揮手，然後消失在黑暗中。

尚恩（微笑）：我們可能會再相見……夜裡，在這個時刻，我們總是會在巴黎街上遇到一些鬼魂……它們不會再令我害怕了……

舞台上只剩卡佛和艾勒薇兩人。他們看似不太自在。

卡佛（指著舞台前方）：跟他們說點什麼吧……我求求你……跟他們說點什麼吧……我試過了……那次我想要朗誦一首詩給他們聽，那是我的第一本書《深沉之歌》……但這行不通……他們不喜歡我們……你兒子說了好多我們的壞話……

他把艾勒薇往台前推，像是要躲在她後面。

跟他們說點什麼吧……你為我想想……說點什麼讓他們可以原諒我們……

艾勒薇往前走到舞台邊緣，站得非常僵硬。

艾勒薇（機械般斷斷續續的聲音）：我可憐的孩子……他……小時候……那麼……乖……

燈光漸暗，直至全黑。

昏暗。尚恩的背影，動也不動，跟開場的時候一樣。

尚恩：我們第一次相遇是什麼時候？那天很晚了，在布蘭許廣場，藥局前的咖啡館……她獨自一人，坐我隔壁桌……我也是自己一個人……她跟我說：「我在布蘭許街的劇院演一個小角色……」我常去找她，在晚上……我不喜歡上樓去她的梳化間，怕在那裡遇到跟她演同齣戲的另一個演員……亨利・古索，他是我母親的同學……在我還是小孩的時候就認識我了……她在布蘭許街的劇院演出的時候，我已經開始把稿子放在公事包裡，再用手銬牢牢銬在手上……亨利・古索應該會覺得我這樣很怪……（停頓片刻）那個秋天多麼美……我從來不覺得這個季節是悲傷的……秋天常常是一些事情的開始……我在人行道上等她，在街尾，在劇院前面……有幾次，我有一種感覺，我們像是從那個秋天開始，走上了布蘭許街的斜坡，一直走到時間的盡頭……

燈光漸漸重新亮起。多明妮可的梳化間。

尚恩站著。多明妮可坐在梳妝台前。

沙發已經變成床。床單和毯子一片凌亂。

多明妮可：已經中午了，還好今天的排練比平常晚……

尚恩：我們得一直睡在這了……或是乾脆就住在這裡……可是我們會再也分不清，什麼時候是白天，什麼時候是晚上……我們會與世隔絕……昨天晚上，我夢見我母親和卡佛……

多明妮可：我可憐的尚恩……

尚恩：凌晨兩點，他們就在瓦朗斯街守著我們回來……他們還上樓去了你家……在你的大門上踢了幾腳……

多明妮可：真是可怕……

尚恩：看到他們，我覺得很輕鬆……他們變得沒有攻擊性了……我知道他們早就死了……

多明妮可：死了？

尚恩：我在時間的河流裡逆流而上……那就好像我突然陷入了過往，而我其實已經知道未來的一切……我幾乎要憐憫起我母親和卡佛了……兩個迷失在過往的流浪人……

多明妮可：你應該把這些都寫進小說裡……

尚恩：不，倒不如寫進劇本裡……很久以後……很久很久以後再來寫……

多明妮可：也別等太久，如果你想讓我演我自己的角色……不然，到時候我就太老了……

片刻後。有人猛敲門，

接著用力扭轉門把。

是誰？

沒人應答。敲門聲越來越響。

尚恩：不要開門。

多明妮可：為什麼？我沒什麼見不得人的……

她轉動梳化間門鎖上的鑰匙。

門打開，艾勒薇出現了……

她走進梳化間，
跌坐在沙發旁的扶手椅上。

艾勒薇：我可憐的孩子們……

但她沉浸在自己的思緒裡，似乎並沒有注意到這兩個人。

我不知道這齣戲我還演不演得下去……

她搖搖頭，彷彿淚水就要奪眶而出。

而且，那個討人厭的賈克琳・卡斯塔尼亞克也有演……那個女人，我恨她……上回演《裸身鼓手》的時候，我已經受夠了……

尚恩在他母親背後，對多明妮可聳了聳肩，比劃著兩人心照不宣的手勢，示意她不要打斷她，讓她說下去。

那個討人厭的賈克琳・卡斯塔尼亞克，她會在《裸身鼓手》中場休息的時候接客，把梳化間變成妓院。

多明妮可（畏畏縮縮地）：夫人，您想喝點什麼嗎？

艾勒薇：別叫我「夫人」。

尚恩：我認為賈克琳・卡斯塔尼亞克的這件事，根本不是你想的那樣。

艾勒薇：閉嘴……（停頓片刻。）而我們可憐的克里斯蒂昂－克洛德……他根本對導演的工作不感興趣……排練的時候他睡著了……還好這齣戲是舊作重演，我們今年夏天在維泰勒賭場也演過幾次……

多明妮可：您真的什麼都不喝嗎？

艾勒薇：對，我不喝。可憐的克里斯蒂昂－克洛德……我覺得他已經神智不清了……他擬了一份彩排的邀請名單……大部分受邀的人都已經過世很久了……

尚恩：媽媽，你確定嗎？

艾勒薇：當然確定。比如說名單上有亨利・伯恩斯坦……他已經過世十五年了。

尚恩（對多明妮可說）：可憐的克里斯蒂昂－克洛德……

艾勒薇緩緩轉向多明妮可，第一次仔細端詳她。

艾勒薇（高傲貌）：她就是那個演契訶夫作品的小女孩？

尚恩：是啊。

多明妮可：我們在路上遇過。

艾勒薇：我不記得了。

尚恩：我有跟你說過她的事……你還問我薩維斯貝格為什麼會找她演戲……

艾勒薇：沒有……我從來沒問過你……（茫然，但高傲依舊。）契訶夫啊……我也想過要演契訶夫的戲……

多明妮可（天真貌）：那您為什麼沒有演呢？

艾勒薇：因為有人讓我心灰意冷。您很幸運……薩維斯貝格對您很好……他很快就讓您演了這個角色……我在您這年紀的時候，他們對我很壞……

尚恩：媽媽，事情不完全是你說的這樣……

艾勒薇：你懂什麼？卡佛說得對，他跟我說：「我們之所以合得來，是因為我們倆都是窮人家的小孩。」

停頓片刻。

對多明妮可說：

那您呢，小姐，您窮嗎？

多明妮可：我出生在布列塔尼的一個小鎮……

尚恩：可是你呢？媽媽，你以前真的也這麼窮嗎？

多明妮可：對不起……我得打開喇叭才知道什麼時候輪到我排練。

多明妮可把喇叭打開。排演還沒開始。

可以聽見像風吹樹葉的聲音。

艾勒薇：我在你這年紀的時候，去了一個劇院經理的辦公室參加試鏡……在排演開始以前……他的喇叭也會發出這樣的聲音……

尚恩趁著艾勒薇沒注意，聳聳肩，又嘆了氣，同時對多明妮可指了指手錶，讓她明白他母親可能會在梳化間待上很久。

那天晚上，我們排練的不是契訶夫的戲，而是一齣吉侯杜的……（充滿幻想貌。）吉侯杜……我第一次到巴黎的時候，在巴黎北站，我夢想著嫁給尚恩・吉侯杜……我的孩子，你本來應該是吉侯杜的兒子……而且，這就是我幫你取名為尚恩的原因……

尚恩（懷疑貌）：你從來沒跟我說過這些……

艾勒薇（低著頭）：劇院經理，他叫做雅克・埃貝爾托，是個禿頭的高個子，五十來歲……他在辦公室裡跟他的好友也是他力捧的演員在一塊，那個年輕男人的個頭比他還高，長了一張伐木工人的臉，大家叫他侯貝・埃貝爾……埃貝爾……埃貝爾托……他們兩個一起盯著我看……我怯場了……我得背誦《昂朵馬格》裡的少女艾妙娜的獨白……

她看似在努力回想，接著開始背誦，讀得有點笨拙，時不時會漏掉幾個字。

「我在哪？……我還得做什麼？……是什麼樣的憂傷在我心裡？……我在這宮殿裡奔跑卻漫無目的……」

她突然停下來。彎下身子，痛苦不堪。

多明妮可走向她。

多明妮可：夫人，您別難過……我可以幫您排練……

她開始背誦這段獨白，側著頭，聲音清亮。

「我在哪？我做了什麼？我還得做什麼？是什麼樣的激情侵襲著我？是什麼樣的憂傷吞噬了我？我在這宮殿裡奔跑，遊遊蕩蕩，漫無目的。啊！我竟然不知自己是愛是恨嗎？」

她背誦時，艾勒薇動也不動地站在那裡，細細端詳著她。

艾勒薇：這太簡單了……您一定讀過戲劇學校……而我呢，我是個窮女孩，在您這年紀，我只能在安特衛普的奮進戲院給《不，不，娜奈特》跑跑龍套。

多明妮可：您錯了，夫人，我沒讀過戲劇學校，我是在卡布欽劇院出道的……演那個可憐的克里斯蒂昂－克洛德導的戲……那齣戲叫做《管好我的最低需求》……

艾勒薇（彷彿沒聽到）**：**他們聽著我的獨白……埃貝爾托跟埃貝爾……埃貝爾托在辦公桌後面站得筆直……埃貝爾站在那裡，微笑掛在他伐木工人的臉上……

她彎下身子，似乎說不下去了。

喇叭播放著排演吉侯杜那齣戲的聲音，我很清楚，埃貝爾托跟埃貝爾根本不是真的在聽我背台詞，他們在聽吉侯杜……到最後，他們沉默了好一會兒……然後埃貝爾慢慢轉向埃貝爾托……你們知道埃貝爾托跟我說了什麼嗎？

她直起身子，昂起下巴，像是要忍住淚水。

他跟我說：「小姐，我們會再寫信給您……」他們從來沒有給我寫過信。

停頓片刻。尚恩和多明妮可盯著她看。

可是如果大家叫我吉侯杜夫人，你們覺得，這兩位先生會用這樣的態度對我嗎？

停頓片刻。

尚恩：你得把這些事都忘了……

艾勒薇：你要我怎麼忘？……我時不時就會想起來……像是在後台碰到那個可怕的賈

克琳・卡斯塔尼亞克的時候……或是我知道隔壁就在演契訶夫的時候……

多明妮可：夫人，來看我們演出吧。

艾勒薇：為什麼您總是叫我「夫人」？不，我不會去的。（停頓片刻。）你們兩個好像對卡佛不是很友善……

多明妮可：他來找我談過……我試著想理解他要跟我說什麼。但我不是很懂。他認為我給尚恩帶來負面的影響……

艾勒薇：喔……就像所有的女演員……

尚恩：他太喜歡干涉別人了……他想要一字一句教我寫小說……

艾勒薇：你就讓他做吧，我的孩子。

她站起身，低下頭，像是努力要讓自己鼓起勇氣。

我沒有告訴你們事情的全部……這件事，我從來沒有告訴過任何人……（停頓片刻。）這件事是在幾天之後，我從一個同事的口中得知的……他叫做托尼・塔方，在吉侯杜的戲裡演兩個天使當中的一個……

她深深吸了一口氣，給自己勇氣。

你們知道埃貝爾托是怎麼說我的嗎？他說……他說……「到底是誰？怎麼會給我找來這位貝勒曼斯小姐？」

艾勒薇癱在扶手椅上。

多明妮可驚訝地看著尚恩。

多明妮可（擔心貌）：貝勒曼斯小姐是誰？

尚恩：是比利時民間故事裡的一個年輕姑娘……有點像漫畫裡的那個布列塔尼姑娘，貝卡西娜……

艾勒薇抬起頭。

艾勒薇（悲傷地對多明妮可說）：都是因為我有一點北方的口音……

她站起身，像是準備要離開。

她把一隻手搭在多明妮可的肩上。

親愛的……我希望你知道……最初，我根本不會想到，有一天我得演《周末愉快，岡薩雷斯》這種戲……我第一次來巴黎，是在戰前的幾個月……我們是一群年輕演員組成的劇團——「玫瑰劇團」……我們演出米歇爾．德．蓋爾德羅德的一齣戲……《紅色魔法》……我們就在弘桑巷的一個畫室裡演這齣戲，在臨時的戲台上……我試著記住劇團裡每一個同伴的名字……有賈克琳．艾赫貝……荷內．勒．貞納……沙蒂．德．郭特……導演的名字是尚恩．米歇爾……我常想，他現在不知道怎麼樣了，這傢伙……

她挽著多明妮可的手臂，帶她走到梳化間的門口。

那時候巴黎的報紙有登過一小篇報導……我一直帶在身上……

她從外套口袋裡拿出一小張紙。

你聽……（她讀。）「在弘桑巷的一間畫室裡，在玫瑰的標誌下，每天晚上，都有十位年輕的演員，在五十位或五位觀眾面前，展現他們對戲劇的熱愛和才華。」

她打開梳化間的門，把剪報遞給多明妮可。

我把它送給你了，親愛的。

她走出去。

停頓片刻。

尚恩：我們永遠不會再看到她了。

多明妮可：你真的這麼想嗎？現在她來過一次，就有可能再來我的梳化間……

尚恩：我已經請鮑伯・勒・塔皮亞把兩家劇院中間的聯通門鎖上……不過這沒有用……從今天晚上開始，我們永遠不會再看到他們了，不會看到她，也不會看到那個還俗的神父……跟我夢裡一模一樣……我已經知道未來的一切……

燈光漸暗，直至全黑。

接著重新亮起朦朧的光。

尚恩和多明妮可在舞台前沿，

坐在一張長椅上。

他們的後面一片黑暗。

您完全不記得契訶夫的那齣戲嗎？

多明妮可：我完全不記得了，先生……我已經告訴過您，您把我跟另一個人搞混了。

尚恩：請您再看我一次……您沒有印象，覺得認識過我嗎？

多明妮可轉身盯著他看。

多明妮可：我沒有印象。有可能是很久以前，也許我遇到過您，後來又忘記您了。總之，我的姓、名跟您想的那個人都不一樣。

尚恩：我很確定，如果我多跟您說一些細節，您的記憶就會回來了……

多明妮可：那我們是在何時，在哪裡認識的？

尚恩：恐怕隨著時間過去，我自己也忘了那些細節……（他似乎快要想不起某個細節。）您曾經因為我而認識過一個人，您說他看起來像個還俗的神父……

多明妮可：沒有，不可能……我絕對不會說這種話。

尚恩（猶豫貌）**：**您還遇到過我母親，那時候她在演《周末愉快，岡薩雷斯》……

多明妮可：您的母親？很抱歉……我也希望我可以記得您的母親……

尚恩（他彷彿記憶衰退，過去的事只能片片段段地回想起來）：您那時候住在瓦朗斯街九號。

多明妮可：我還是第一次聽到這個街名……這條街在哪裡？

尚恩：在戈布蘭大街那邊。

多明妮可：那一帶我不熟。

尚恩（猶豫貌）：您是從布列塔尼來的……但我不記得那個小鎮的名字了……

多明妮可：很遺憾，先生，我不是布列塔尼人。

停頓片刻。

尚恩（彷彿放棄回憶過去了）：您在那邊那家劇院排練嗎？（他指著舞台後方。）

多明妮可：好處是不必一直待在梳化間。我們可以到外面，在劇院外頭的小廣場透透氣……甚至可以在那裡背劇本。

尚恩：這齣戲叫什麼名字？

多明妮可：《來自阿拉斯的無名女子》。既然您在這裡，就請您幫個忙……來幫我排練一場戲好嗎？

她把小冊子遞給他，指著那一頁。

從這裡開始。

尚恩（讀劇本）**：**閉嘴！你先告訴我，為什麼不等我？

無名女子：我不知道。

尚恩：我到處找你的時候你在哪裡？

無名女子：我不知道。

尚恩：別裝傻。回答我。我忘了問你的名字。你叫什麼名字？

無名女子：您很清楚，我們不知道我叫什麼名字。

尚恩：可是你，你知道……

無名女子：我是無名的年輕姑娘，從阿拉斯那一帶來的。

尚恩轉向她，默默看著她。

她走近尚恩，從他手中接過劇本。

多明妮可（突如其來地）：尚恩……我不想讓你難過……現在發生在你身上的事很平常……當我們夢見一個過去認識卻又失去的人，經常就會發生這樣的事……你夢見你在長椅上，坐在她身旁……你覺得她已經沒有話要對你說了，她已經不認識你了……

燈光漸暗，直至全黑，接著又再亮起。

朦朧的光。尚恩坐著，獨自一人，在長椅上。

尚恩：夢裡的事不像她說的那樣……我們倆在巴黎不同的地方走著……我們沒說話，但我知道她認得我……我很確定……我們走在布隆涅森林的湖畔，我們還坐小船去了小島上的木屋餐廳……我們一句話也沒說，在我的夢裡，這似乎很自然……夢醒的時候，我才開始後悔我們沉默不語……下次我一定要問她一些問題，那她就得回答我了……好吧，下一個夢裡我要試試……不過，大部分的時間，我們都在一些嘈雜的地方，我們的聲音都被淹沒了……通常是克利希大道，在冬天，沿著露天市集的小木棚……或是在聖拉扎爾車站的大廳……還有一次在夜裡，我們第一次走在杜樂麗花園的河畔林蔭道上……我從童年之後就沒再回到那裡……在那裡也一樣，我們不能說話……感覺就像在高速公路旁，因為堤岸上的車流……我看到她嘴唇的動作，可是我聽不見她對我說的話……

燈光漸暗，直至全黑。

黑暗中只見手電筒的光束。

拿手電筒的人是多明妮可。

尚恩出現在手電筒的光裡。

多明妮可：我以為我失去你了，尚恩……

尚恩：我也是……我停下來是想要看這條街的路牌……我已經不知道我們在哪裡

了……

多明妮可：停電了，比預告的時間早……不知道是整個巴黎都停電了，還是只有一些地方……

尚恩：整個巴黎都停了。

多明妮可：還好我帶了手電筒。

手電筒的光線照亮了前幾場戲裡出現過的那張長椅。

尚恩：我們可以坐在長椅上等。

他們坐了下來，多明妮可把頭倚在尚恩的肩上。

多明妮可：你可以想像嗎……如果我們在黑暗中失去對方……

尚恩：不可能的。

他看了看手錶。

總之，他們說一小時就會復電了。

多明妮可：我是真的很害怕失去你……我感覺到一種恐慌，就像三年前剛到巴黎，在蒙帕納斯車站的那種恐慌……我坐上地鐵，完全不知道要怎麼換車……我在布蘭許站下了車……身上只有一張巴黎地圖，還有鮑爾－泰弘夫人戲劇課的地址……我在亨利－莫尼耶街的一家旅館度過第一夜，就在戲劇教室附近……整夜沒睡……我覺得那時候也跟現在一樣黑……可是離開布列塔尼之後……我就再也沒想過要帶手電筒了……

尚恩：身上帶個手電筒還是比較好。

多明妮可：那你呢，三年前你在做什麼？

尚恩：跟今天一樣。那時候我常在這一帶……在布蘭許廣場附近……離這位……夫人的地方不遠（他猶疑了一下，說不出名字。）……這位……

多明妮可：鮑爾－泰弘夫人……（停頓片刻。）所以我們本來會遇見對方。

一束光照亮了多明妮可，尚恩留在黑暗中，讓人看起來像是多明妮可獨自坐在長椅上。

有沒有人能告訴我，兩個人相遇，是因為什麼巧合，還是奇蹟……（停頓片刻，彷彿期待有人回答。）我們都住在同樣的街區，可是要過好幾個月我才遇見他……我們是不是很久以前曾經在路上擦身而過，只是都沒注意到對方？是不是這樣，我們永遠不會知道……

黑暗。然後亮起微弱的光，

照在舞台前沿，

舞台的其他部分都留在黑暗裡。

尚恩（站在舞台前沿）：不知道你們還記不記得……那年冬天，巴黎停了好幾次電……她跟我說，為了預防停電，布蘭許街的劇院用燭光照亮舞台……有一天晚上，我跟平常一樣，在劇院對面的人行道上等她……根本不需要手電筒：街上覆著一層白雪，彷彿閃著磷光……那簡直就像在山裡……或者只是在那年冬天，在名副其實的布蘭許街[4]……她從劇院走出來，緊緊挽著我的手臂……她告訴我，導演薩

4. 布蘭許街（rue Blanche）的 Blanche 意為「白色」、「白光」、「白粉」。

維斯貝格在中場休息的時候來她的梳化間，問她下一季要不要演《海鷗》裡妮娜的角色……她不明白……薩維斯貝格親自來找她，一個新人，只演過舊作重演的《椰子》，他竟然找她演契訶夫的戲？我們走在覆滿白雪的布蘭許街……像在夢裡……我們往上走，走進當初我們相遇的咖啡館……我們在同一張桌子坐下……那是一個星期六……克利希大道的露天市集，小木棚和旋轉木馬都還開著……

尚恩說最後兩句話的時候，遠方開始響起市集的音樂，隨著燈光漸暗，直至全黑，樂聲也越來越微弱。

燈光再次漸漸亮起，非常明亮，近乎刺眼。

在多明妮可的梳化間。

尚恩躺在沙發上修改他的稿子。

背景聲是喇叭傳出的契訶夫《海鷗》排練的聲音。

多明妮可走進梳化間，氣喘吁吁。

她穿著戲服，在梳妝台前坐下。

排練還順利嗎？

多明妮可：我不知道……我什麼都不敢說，我很迷信的……

尚恩：我從喇叭聽到的感覺是很流暢，好到不能再好了……

多明妮可（擔心貌）：我不知道……我們真的能在星期一的整團排練多知道些什麼嗎？

尚恩：那薩維斯貝格呢？他怎麼想？

多明妮可：他在後台站得直挺挺的，在他的小本子上做筆記。（像在自言自語：）我很害怕……我一直很擔心第四幕的結尾……

尚恩：別瞎擔心了……薩爾斯貝格對你很有信心……

多明妮可：那他今天晚上為什麼一句話都不跟我說？第二幕結束的時候，我從他前面走過……就是跟你的那場戲……喔，不是，我的意思是跟特列普列夫的那場戲……他連一句鼓勵的話都沒有。

尚恩：他要盯整齣戲的進度啊……他想要看到全貌……如果你真的出了錯，不管是多小的錯，他都會告訴你的……

多明妮可：你真的這麼覺得？

尚恩：是啊，我是這麼覺得……我可是有點經驗的……我在劇場的梳化間出生……我從小就在這裡玩彈珠……在這裡寫我的小學生作業……我也跟你在這裡住了好幾天……你沒什麼好擔心的……我聽過你排練……你演的妮娜好到不能再好了……

（停頓片刻。）我要記住今晚的日期……一九六六年九月十九日星期一……整團排練的日子，我覺得這標誌著我們人生的最初……

多明妮可走向喇叭，然後調高音量。

多明妮可：我可不能錯過進場的時間

兩人一起聽那齣戲的對白，不發一語。

阿爾卡金娜：現在，來吃點東西吧……我們的大人物今天連飯都還沒吃呢。吃完晚飯我們再繼續……科斯佳，別管你的稿子了，來吃東西吧。

特列普列夫：我不想，媽媽，我不餓。

阿爾卡金娜：隨便你……彼得魯沙，吃飯了！我要跟您說說哈爾科夫那些戲迷是怎麼歡迎我的……

多明妮可：好了，尚恩，時間到了……我要過去了……吻我……

他們相吻。

多明妮可打開梳化間的門，轉頭看向尚恩。

薩維斯貝格邀你今天晚上跟其他人一起吃飯……你知道的，皇家宮殿跟中央市場中間，在讓-雅克-盧梭街上的那家餐廳……金穗……

她關上門的時候，燈光漸暗，直至全黑。

黑暗中，聽得見劇裡的最後幾句台詞。

一聲槍響。

阿爾卡金娜：那是什麼聲音？

多恩：沒什麼。應該是我醫藥箱裡有什麼東西炸掉了。您別擔心……就是這樣。裝乙醚的玻璃瓶炸掉了……

阿爾卡金娜：啐……嚇我一跳。那聲音害我想起那件事…………真教人眼前一陣發黑。

多恩：兩個月前，有一篇文章……是一封美國寄來的信……我想要請教您，就是……因為我對這問題非常感興趣……把伊琳娜．尼古拉耶芙娜帶走。剛剛其實是康斯坦丁．加弗里洛維奇開槍自殺了……

依舊是一片黑暗。靜默片刻。

掌聲響起。劇場響起一陣有節奏的呼喊：

「薩—維—斯—貝—格……薩—維—斯—貝—格」，

接著是：「皮—托—耶—夫……皮—托—耶—夫……

喬—治—皮—托—耶—夫……喬—治—皮—托—耶—夫……」

掌聲漸漸平息。靜默……

一束手電筒的光在黑暗中照向站在舞台前沿的尚恩身上。

一位老先生拿著手電筒走向尚恩，在他身旁停下腳步。

鮑伯・勒・塔皮亞：剛剛開演的時候，我在黑暗中聽見您說話……您好像不太記得我的名字了……我明白……我們好久沒見了……我的名字是侯貝・勒・塔皮亞……您知道的……劇院的管理員……

尚恩：鮑伯？

鮑伯・勒・塔皮亞：是啊，我是鮑伯。（停頓片刻。）您一點也沒變……

尚恩：我當然變了。鮑伯，我變了。只是，您看到的是我在您記憶中的模樣。當年我們的年紀差不多……您還記得薩維斯貝格導的那齣契訶夫嗎？

鮑伯・勒・塔皮亞：當然記得。您的女朋友演妮娜的角色……您剛才問說，她的梳化間是在走廊右邊的第一扇門還是第二扇……她是在第一扇門。

尚恩：您的記憶力真是太好了……

鮑伯・勒・塔皮亞：我猜，您會想再去看看那個梳化間吧？

尚恩保持沉默。

您當然會想……我帶您去看。

燈光漸漸亮起，但是遠不如先前那般明亮，

而是一種朦朧的光，像在夢境裡。

梳化間裡空蕩蕩的，沒有沙發、扶手椅、梳妝台，

像是廢棄已久。只剩下鏡子。

這裡就要整修了……到時候就不是梳化間了。

尚恩四處看了看。

尚恩：我還以為劇院裡什麼都不會變，時間也會停止。

鮑伯・勒・塔皮亞：我就不打擾您了……需要我的話，就叫我一聲……

鮑伯離開舊梳化間。尚恩緩緩向前走到舞台前沿。停頓片刻。

尚恩：那天晚上，我們倆從劇院出來……她連妝都沒卸……我們去那家叫「金穗」的餐廳找薩維斯貝格和其他人。我們沿著那幾條大道一路走過去……我從沒感覺過巴黎那麼美、那麼宜人……路上幾乎沒有車……我們簡直可以在歌劇院大街的路中央奔跑了……街燈照出一種奇異的光，一種溫柔、幾乎是白色的光……我們已經不知道那是什麼季節了……是夏天還沒走遠？還是春天誤入了秋天？在金穗餐廳，我坐在薩維斯貝格的左手邊，她坐在右邊……薩維斯貝格問我為什麼帶著那個公事包，還用手銬鍊在手腕上……她跟他解釋那是我的稿子，我怕弄丟或被一個不懷好意的傢伙給撕了……薩維斯貝格說我是傻子，而從那晚開始，我就什麼也不怕了……我什麼都不怕了……是她，是她親手為我解開了手銬……

他在舊梳化間的中央席地而坐，
彷彿多明妮可就在身邊：

都過了這麼久，你還認得我嗎？人經常有一種錯覺，以為自己都不會變……可是如果你知道巴黎的變化有多大……我在那裡老是覺得格格不入，但我不敢告訴任何人……除了你……日復一日，這是一場對抗孤獨的鬥爭……可是在某些地方，卻又好像突然回到了過去……像是，夜裡很晚的時候，在劇院附近……在瑪杜漢街的轉角……有天夜裡我從那裡走過……微風輕輕吹來……我正在猶豫……要不要沿著那條街一直走到劇院……我聽見你的笑聲在我後頭響起。

譯後記——尉遲秀

幾年前，學生來問我一些畢業公演中文字幕翻譯的問題。看到他們自己做的劇本譯稿，我很驚訝，因為他們的表現明顯比課堂上好。幾經思考，我發現關鍵因素是：學生意識到字幕肩負著實實在在的任務——是要給不懂法文的觀眾看的——他們得讓觀眾讀得懂。

「將翻譯習作與實務結合」的想法其實在心裡醞釀了二十年，但始終找不到合適的文本與時機來執行。恰好在二〇二一年初，跟何重誼（Jean-Yves Heurtebise）教授聊天，談到畢業公演，這位同事的眼神出現一種熱切的光，他興致勃勃地告訴我：

那年他要帶學生演出契訶夫的《海鷗》；第二年要演蒙迪安諾的《我們人生的最初》，劇中會有跟《海鷗》相關的橋段……

《海鷗》原著是俄文，我們已經有了丘光的優秀譯本；《我們人生的最初》台灣還沒有譯本，而且來年才要演出，我有充足的時間可以去說服出版社規劃出版時程，帶學生一起翻譯、出版這個劇本。

於是，我們有了這項難得的翻譯（教學）計畫：在劇本翻譯（教學）的部分，學生們可以在戲劇課上透過劇本的分析講解及實際排練，對整部作品有更深刻的理解和體會；同一時間，又在翻譯課上做練習。如此「兩釋異音，交辯文旨……詳其義旨……校正檢括」，有如唐代譯場的華麗翻譯體驗，即便是專業的譯者也難得享有。

學生雖沒有實務經驗，但因為是實際演出時要安放的字幕，他們自然會去考慮口語特質的重要性，會咀嚼再三，反覆朗讀，測試口語在聽力和理解的效果。另外，根據經驗，眾聲喧嘩之後產生的譯文，對話細節經常較為飽滿、有趣。當然最後還是需要指導者的修改與統整，但效果確實遠勝於傳統的課堂練習。

我也想藉此向教學同行們推薦這種與「實務」結合的深度學習方式。只要將某項課程（戲劇課，或是文學、文化課程）和翻譯課做某種程度的結合（不一定要延伸到出版），翻譯課就會成為這項課程外延的「實務」，學生為了做好翻譯「實務」，會更深刻地去理解這項課程（一齣戲，或者其他文學、文化課程的文本）。

最後要謝謝郝明義先生幾乎才看完我的說帖就接受了這個冷門的劇本出版計畫。郝先生的出版世界恰好是我某種人生的最初，我最初讀到的米蘭．昆德拉和我最初成為編輯的生命經驗，都是因為他的出版事功。再回頭想，我學習法文完成的第一個譯作恰好也是一個劇本——《雅克和他的主人》——完成於輔大譯研所。這次翻譯《我們人生的最初》，年輕譯者們恰好是劇中人物的年紀，其中幾位也跟劇中人一樣經歷著一段舞台人生。巧的是，這本書的編輯江灝先生也來自輔大法文系。

種種美好的恰好，陪伴我們完成《我們人生的最初》。是為之記。

國家圖書館出版品預行編目 (CIP) 資料

我們人生的最初 / 派屈克 . 蒙迪安諾 (Patrick Modiano) 作 ; 尉遲秀 譯 .
-- 初版 . -- 臺北市 : 英屬蓋曼群島商網路與書股份有限公司臺灣分公
司出版 : 大塊文化出版股份有限公司發行 , 2022.05
120 面 ;　14×20 公分 . -- (Passion ; 29)
譯自 : Nos débuts dans la vie
ISBN 978-626-7063-12-5(平裝)

876.55　　111004655